SCHULE
BLUMEN
BADE-SHOP
STEINGUT
FLINT
TIERHANDLUNG
LAVA
MINETTE

Ute Krause

Minus Drei und die wilde Lucy

Der großeVulkan-Wettkampf

Ute Krause

MINUS DREI & DIE WILDE LUCY

Der große Vulkan-Wettkampf

Der Verlag weist ausdrücklich darauf hin, dass im Text enthaltene externe Links vom Verlag nur bis zum Zeitpunkt der Buchveröffentlichung eingesehen werden konnten. Auf spätere Veränderungen hat der Verlag keinerlei Einfluss. Eine Haftung des Verlags ist daher ausgeschlossen.

Dieses Buch ist auch als E-Book erhältlich.

Verlagsgruppe Random House FSC® N001967

2. Auflage

Umschlagbild und Innenillustrationen: Ute Krause
Umschlaggestaltung: Anette Beckmann, Berlin
cr · Herstellung: UK
Satz und Innengestaltung: Anette Beckmann, Berlin
Reproduktion: Lorenz & Zeller, Inning a. A.
Druck: Alföldi Nyomda Zrt., Debrecen
ISBN 978-3-570-17400-5
Printed in Hungary

www.cbj-verlag.de

Inhalt

SCHARF & FEURIG
ZUCCHI
BLÜTEN
3 MUSCHE
SPINAT
BLUMEN
LÖWEN
1 MUSC
PRO KI
FARNUS
1 BÜSCHEL
=1 MUSCHE

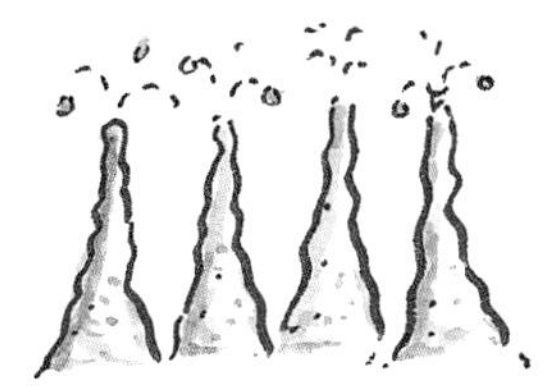

Die Forschungsreise

Wenn man am dritten Vulkan scharf nach rechts abbiegt, kommt man in die Dinostadt Farnheim. Aber Achtung, wer bis zum vierten Vulkan läuft, verpasst den Abzweig.
In Farnheim lebte der kleine Dino Minus Drei. Er wohnte dort in einer gemütlichen Höhle mit seinen Eltern Mama Drei und Papa Drei und seinem Haustier, der wilden Lucy. Sie war übrigens ein kleines Urmädchen mit einer winzigen Keule.
Mama und Papa Drei besaßen den besten Farn- und Kräuterladen in ganz Farnheim. Er hieß „Scharf und Feurig" und war sehr beliebt – die meisten Dinos waren schließlich Vegetarier. Papa Drei war ein echter Kräuternarr und schaffte es immer, die leckersten Kräuter und Farne für seinen Laden zu besorgen.

Das war in letzter Zeit etwas schwieriger geworden, denn Papa Drei hatte alle Kräuter, die um Farnheim herum wuchsen, gepflückt. Neue Kräuter mussten erst nachwachsen, und deswegen sagte er eines Tages beim Abendessen zu Mama Drei:
„Ich denke, wir sollten eine Forschungsreise unternehmen. Wir müssen neue Farn- und Kräutergebiete entdecken.
„Spitze!", rief Minus begeistert, denn eine Forschungsreise klang nach Abenteuer.

„Lucy und ich kommen mit. Wann geht's los?"
Mama Drei schüttelte den Kopf. „Aber Minus, du musst doch zur Schule."
„Von wegen", antwortete Minus. „Lesen kann ich schon längst. Rechnen sowieso."
„Natürlich musst du in die Schule", sagte Papa Drei. „Was würde deine Lehrerin denn sagen?"
„Ach, bitte!", rief Minus. „Die paar Tage kann Frau Farnchen bestimmt auf mich verzichten. Dafür könnten Lucy und ich euch beim Kräutersuchen helfen."
Doch Mama und Papa waren anderer Meinung.
Minus war außer sich. Wieso konnten sie das nicht verstehen?
„Aber dann fahren wir in den nächsten Ferien zusammen weg", murmelte er. „Okay?"
Mama Drei blickte Papa Drei an. Dann sagte sie zu Minus: „Ich kann dir noch nichts versprechen. Ein Familienurlaub ist ziemlich teuer und wir haben dieses Jahr noch nicht genug Muscheln verdient."
Minus seufzte. Auch das noch. Alle seine Freunde

hatten in den Ferien etwas Schönes vor, nur er nicht. Flint war sogar schon einmal mit einem Flugsaurier geflogen, davon konnte Minus nur träumen. Wie gerne würde er mal auf so einem riesigen Urvogel durch die Luft segeln, aber davon war er weit entfernt. Mama und Papa wollten ihn ja nicht einmal mit auf ihre Forschungsreise nehmen! Es war einfach nicht fair.

Als er wenige Tage später aus der Schule kam, packten seine Eltern gerade ihre Koffer. Und am gleichen Abend kamen auch schon Großtante und

Großonkel Drei angereist. Sie wohnten hinter den Vulkanen und würden auf Minus aufpassen, während seine Eltern unterwegs waren.

Schnell merkte Minus, dass das Leben mit den beiden etwas anders war als mit Mama und Papa.

Tante Drei war ziemlich schwerhörig, sodass Minus GANZ LAUT sprechen musste.

Das hatte einen großen Vorteil: Er und Lucy konnten so viel Lärm machen, wie sie wollten, ohne dass Großtante Drei sich beschwerte.
Das ging allerdings nur, wenn Großonkel Drei nicht in der Nähe war, denn der war leider nicht schwerhörig. Außerdem liebte er seine Ruhe und seine Kreuzworträtsel. Und weil er deswegen sehr oft daheim war, ging ihm die kleine Lucy schon ziemlich bald auf die Nerven. Wenn sie mit einem schrillen „Kräh-kräh" Flugsaurier spielte, oder wenn sie wie ein Orkanwind durch die Höhle heulte, schimpfte er:
„Kann sie nicht endlich still sein? Sie ist wirklich sehr laut für so ein kleines Haustier." Und dann machte er „Haa- HAATSCHI!"
Das machte er immer, wenn Lucy in seiner Nähe war.

Nach dem Wochenende kam Minus mit großen Neuigkeiten aus der Schule:
„Stell dir nur vor", rief er Tante Drei zu. „Nächstes

Wochenende ist der große Vulkan-Wettkampf. Alle, die ein Haustier haben, dürfen mitmachen. Meine Freunde sind alle dabei. Lucy und ich natürlich auch."

„In deinem Bauch?", fragte Großtante Drei und hielt die Pfote ans Ohr.

„Nichts ist mit meinem Bauch. Es gibt einen VULKAN-WETTKAMPF", rief Minus.

„Du brauchst mich nicht anschreien, Kind. Das ist unhöflich", antwortete Großtante Drei streng.

„Also, was genau ist denn das?"
„Es ist ein Wettlauf zur Spitze des großen Vulkans", sagte Minus. „Die Flugsaurierschule Flugangst und Co. hat ihn organisiert. Der erste Preis ist eine Woche Familienurlaub. Deswegen will ich unbedingt gewinnen."
„Urspinnen? Ja, hier hatten sich ein paar eingenistet", antwortete die Großtante und wischte nachdenklich über die Gläser mit Uroliven, die sie ordentlich im Schrank gestapelt hatte. „Die habe ich schon vor die Tür gesetzt."
Minus schüttelte den Kopf.
Es hatte ja gewisse Vorteile, dass seine Tante so schwerhörig war, aber anstrengend war es schon auch, wenn man etwas Wichtiges erzählen wollte.
Da betrat Großonkel Drei die Küche. Er hatte wie üblich im Wohnzimmer Kreuzworträtsel gelöst und alles gehört.
„Das ist eine hervorragende Idee!", rief er. „Ihr zwei werdet dann sicher viel am Vulkan üben müssen, stimmt's?", fügte er hoffnungsvoll hinzu.

„Ha-haaatschi!"

„Allerdings", sagte Minus. „Jeden Tag und bestimmt so einige Stunden. Schließlich wollen wir Erster werden."

„Das ist gut", sagte Onkel Drei und tätschelte die kleine Lucy, die auf Minus' Pfote hockte und an einer Urbeere nagte. „Sehr gut sogar. Während du heute in der Schule warst, hat sie wieder entsetzlich viel Lärm gemacht. Sie braucht dringend frische Luft und muss sich mal ordentlich austoben. Ha-haa-HAATSCHI!"

„Oje", knurrte er. „Nimm sie lieber schnell weg hier. Ich fürchte, ich habe eine Urmensch-Allergie."

Höher, schneller, weiter

Für den Nachmittag hatte Minus sich mit seinen Freunden Flint, Minette und Lava verabredet. Sie trafen sich auf der Wiese hinter der Schule und hatten ihre Haustiere mitgebracht: Lava hatte Tropfstein den Triceratops an der Leine und Minettes Urvogel Mergelstein saß wie üblich auf ihrem Kopf. Flints Gorgo zog aufgeregt an seiner Leine, als er die kleine Lucy in Minus' Pfote entdeckte.
Er wollte mit ihr spielen.

„Sitz!“, sagte Flint streng und Gorgo gehorchte. Auf einer großen Tafel neben der Wiese standen die Aufgaben für den Vulkan-Wettkampf. Flint las sie laut vor: „Die Besitzer und ihre Haustiere müssen erstens: durch den Neuen See schwimmen, zweitens: zum Vulkan laufen, drittens: über Hindernisse klettern und viertens: die steile Wand des Vulkans

erklimmen. Wer als Erster die Wolke über dem Gipfel berührt, ist Sieger."

„Am besten machen wir gleich einen Probelauf", schlug Lava vor. Die anderen waren einverstanden. Sie liefen hinunter zum See, wo auch schon andere Haustierbesitzer mit ihren Lieblingen übten. Sogar Herr Fossil und der große Tyrannosaurus Rex T.R. waren dabei.
„Achtung, fertig, los!", sagte Flint, und dann sprangen alle ins Wasser.
Minus schwamm so schnell er konnte. Er wurde Zweiter. Lucy schwamm auch so schnell sie konnte. Sie wurde Letzte.
„Nun ja", dachte Minus. „Beim Wettlauf geht es bestimmt besser."
Beim Wettlauf rannte er so schnell er konnte. Er wurde wieder Zweiter. Lucy rannte auch so schnell sie konnte, dabei hätte Gorgo sie beinahe überrannt. Und Lucy wurde wieder – ihr ahnt es schon – Letzte.

Als Nächstes mussten alle Teilnehmer über Hindernisse klettern. Das war eigentlich ganz einfach, wenn man so groß wie Gorgo oder T.R. war. Für Lucy aber war das ein echtes Problem. Das kleinste Hindernis war fünf Mal so hoch wie sie. Lucy hüpfte immer wieder daran hoch und versuchte sich festzuhalten. Dabei knurrte sie wie T.R. Mehrere Tierbesitzer blieben stehen und kicherten, wenn Lucy wieder einmal zu Boden plumpste und wie ein kleiner Urkäfer auf dem Rücken lag.
Minus kicherte nicht.

Ihm war die ganze Sache inzwischen ziemlich peinlich. Eins war ihm mittlerweile klar: Mit Lucy würde er garantiert nicht den ersten Preis gewinnen. Den Familienurlaub konnte er sich aus dem Kopf schlagen.
Beim Abendessen war Minus so schweigsam, dass es selbst Großtante Drei auffiel. Als sie nachfragte, erzählte Minus von dem katastrophalen Nachmittag.

„Tja, mit so einem kleinen Haustier ist so ein Wettbewerb viel schwerer zu gewinnen als mit einem großen“, sagte sie. „Wenn nicht sogar unmöglich.“

„Ha-haa-HAAATSCHI!“, machte Großonkel Drei und schaute Lucy missmutig an. Sie saß auf dem Tisch neben Minus und knabberte an einer Urolive. Eigentlich hatte Großonkel Drei auf ein paar stille Nachmittage ohne Lucy gehofft. „Du solltest nicht so schnell aufgeben“, sagte er zu Minus. „Du weißt, Übung macht den Meister.“
Minus nickte betrübt. Abends im Bett dachte er noch lange über Großonkel Dreis Worte nach. Dann war er endlich eingeschlafen.

„Haa-HAAATSCHI“, machte Großonkel Drei, als Minus am nächsten Tag nach der Schule die Höhle betrat.
„Du hast recht“, sagte Minus zu ihm.
Großonkel Drei ließ überrascht sein Kreuzworträtsel sinken.

„Ich gebe nicht auf", fuhr Minus fort. „Aber ich glaube, wir üben lieber hier allein, ohne die anderen."

„Was ist mit deinem Bein?" Großtante Drei steckte den Kopf ins Wohnzimmer. Sie hatte gerade Minus' Zimmer fertig aufgeräumt.

„Nichts ist mit meinem Bei…", begann Minus, doch Großonkel Drei unterbrach ihn.

„Aber ihr übt doch lieber draußen, nicht wahr?", fragte er besorgt.

„Ja, klar." Minus ging in sein Zimmer. Er wollte die Sonnenuhr holen, um Lucys Zeit zu stoppen. Großtante Drei hatte so gut aufgeräumt, dass er ziemlich lange danach suchen musste. Lucy, die schon auf Minus gewartet hatte, sprang auf seine ausgestreckte Pfote, dann gingen sie in den Garten. Dort würden sie ungestört üben können.

Sie übten den ganzen Nachmittag. Zuerst war Wettlaufen dran. Doch bis Lucy eine Runde um die Höhle geschafft hatte, war Minus fünf Runden gelaufen. Lucy war einfach unendlich langsam. Das war ja auch nicht weiter verwunderlich. Sie war eben sehr klein.

„Ich glaube, wir müssen ein Fitnessprogramm für dich entwickeln", sagte Minus schließlich. „Und dann musst du ganz fleißig üben."

Lucy nickte. Ihr begann die ganze Sache Spaß zu machen.

Minus dachte sich verschiedene Übungen für Lucy aus. Erst musste sie zehn Mal um die Höhle sprinten und wieder stoppte Minus ihre Zeit. Lucy war genauso langsam wie am ersten Tag. Wie sollten sie da je eine Chance beim Wettbewerb haben? Vielleicht ging es ja beim Hindernislauf etwas besser? Minus stellte ein paar Hindernisse auf: die Gießkanne, die kaputte Badewanne und Mamas Lieblings-Dinogartenzwerg. Lucy schaute interessiert zu und versuchte, sich am Arm des Gartenzwergs hinaufzuschwingen. Das war nicht ganz leicht. Minus musste ihr ein paar Tipps geben. Dann endlich, und mit nur ein bisschen Hilfe, schaffte sie es. Lucy krähte zufrieden, als sie auf der anderen Seite war, und wollte es gleich noch einmal versuchen. Sie kletterte und lief, bis sie völlig erschöpft war. Und kaum hatte sie beim Abendessen ein Stück Urkarotte verspeist, fiel sie neben Minus' Teller in einen tiefen Schlaf.

Großonkel Drei betrachtete die kleine Lucy zufrieden, die leise vor sich hinschnarchte. So mochte er das kleine Urmädchen am liebsten.

Auch an den nächsten Tagen übte Minus wieder mit Lucy, und diesmal war Lucy sogar ein winziges bisschen schneller als am Tag zuvor. Allerdings reichte das bei Weitem noch nicht aus.
Das über die Gießkanne und den Gartenzwerg Kraxeln ging schon recht gut und auch über die kaputte Badewanne kam sie einigermaßen flink. Aber selbst die kleinsten Hindernisse beim Vulkan-Wettkampf waren immer noch höher als das.
„Sie ist einfach zu klein. Da kann man nix machen", sagte Großonkel Drei, der am Fenster saß und die beiden beobachtete. „Um zu gewinnen, bräuchtest du ein großes Haustier, so wie dein Freund Flint."
„Ich weiß." Minus seufzte. „Ich würde ja auch gerne gewinnen, damit wir in den Urlaub fahren können. Aber was soll ich tun?"
Zum Glück hörte Lucy ihn nicht. Sie flitzte immer noch ums Haus.

Einfach zu klein!

Der Tag des Wettbewerbs rückte langsam näher. Lucy freute sich schon. Minus aber nicht. Manchmal schaute er heimlich bei Flint vorbei und beobachtete ihn und Gorgo über die Gartenmauer. Der Gorgosaurus hatte inzwischen erstaunliche Fortschritte gemacht. Auch Lavas Triceratops Tropfstein hatte ein ungeheures Tempo und hüpfte mit großer Leichtigkeit über die höchsten Hindernisse.
Wieso habe ich mit Lucy kein Glück?, dachte Minus. Großonkel Drei hatte recht: Letztendlich lag es an ihrer Größe und daran war nichts zu ändern.

Minus war wirklich ratlos. Wahrscheinlich musste er sich vom Wettbewerb wieder abmelden.

Beim Abendessen hatte Minus schlechte Laune. Lucy, wie in letzter Zeit üblich, schlief schon und schnarchte leise neben ihrem Teller.
Großtante Drei sah Minus Drei besorgt an. „Du siehst bedrückt aus, Kind", sagte sie.
„Ach", seufzte Minus. „Ich würde so gerne den ersten Preis gewinnen. Dann könnten wir alle zusammen Urlaub machen. Aber die Chancen stehen sehr, sehr schlecht."
„Was ist nicht recht?", fragte Großtante Drei. Als Minus nochmals alles laut und deutlich wiederholt hatte, kratzte sie sich nachdenklich an der Nasenspitze. Schließlich sagte sie: „Ganz vielleicht hätte ich da eine Idee."
„Was für eine Idee?", fragte Minus.
Großtante Drei schüttelte den Kopf.
„Das wird noch nicht verraten", sagte sie und lächelte geheimnisvoll. „Und jetzt nimm deine kleine Lucy und ab mit euch ins Bett."
„Ha-Haa-HAATSCHI", machte Großonkel Drei.

Am nächsten Morgen beim Frühstück bohrte Minus wieder nach. „Was habt ihr denn für eine Idee?", fragte er so laut, dass Großtante Drei ihn ganz bestimmt gut hören konnte.
Großtante Drei winkte ab. „Jetzt komm, iss dein Farnmüsli. Du bist spät dran."
„Ach bitte, sag schon!", rief Minus.
Großtante Drei sah Großonkel Drei vielsagend an. Die zwei teilten ein kleines Geheimnis, so viel war klar.
„Heute Nachmittag, wenn du aus der Schule kommst, haben wir vielleicht eine Überraschung für dich", sagte Großonkel Drei. Verschmitzt zwinkerte er Minus zu.
Minus war gespannt wie ein Flitzebogen und konnte es kaum erwarten. Nach der Schule plauderte er nicht wie üblich mit seinen Freunden, sondern sauste so schnell es ging nach Hause.

Eine große Überraschung

Großonkel und Großtante Drei erwarteten Minus bereits am Gartentor und riefen: „Überraschung!"

Die Überraschung stand hinter der Höhle und lugte über das Dach. Es war ein sehr riesiger Saurier. Er war größer als Herrn Fossils T.R. und größer als Flints Gorgo. Minus verschlug es den Atem. „Ein Gigantosaurus", flüsterte er ehrfürchtig. „Das ist ja ... gigantisch! Lucy wird begeistert sein."
Großonkel Drei und Großtante Drei wechselten einen kurzen Blick.
„Ähmm, ja", sagte Großonkel Drei. Er wirkte plötzlich etwas verlegen. „Minus, weißt du noch, dass du bei unserem letzten Besuch über nichts anderes geredet hast als über deinen Haustierwunsch?"
Minus nickte. Natürlich wußte er das noch.
„Na ja, als wir das damals hörten", fuhr Onkel Drei fort, „wollten wir dir zum Geburtstag einen Urvogel schenken. Wir hatten sogar schon einen ganz attraktiven Archaeopteryx

ausgesucht. Aber als ich deine Mama fragte, ob wir ihn dir schenken dürfen, hat sie erzählt, du hättest bereits ein Haustier. ‚Und mehr als eines kommt mir auf keinen Fall in die Höhle', hat sie gesagt ..."

„Tja, und als wir dein Haustier gesehen haben, wurde uns so einiges klar", unterbrach Großtante Drei.

„Und wir haben auch gesehen, dass du nicht ganz glücklich damit bist", sagte Großonkel Drei. „Schon allein wegen des Wettbewerbs. Das wäre ja eine Katastrophe geworden. Und deswegen haben wir es gegen den Gigantosaurus eingetauscht."

Großonkel Drei täschelte dem Gigantosaurus die Flanke. Der kaute gerade an den Palmwedeln von Mamas Lieblingspalme. Wenn sie das sah, würde sie bestimmt sauer werden!

„Deine Mama hat schließlich nichts dagegen, wenn du ein Haustier hast", fügte er hinzu. „Und mit dem hier gewinnst du garantiert den ersten Preis. Freust du dich?"

Großonkel und Großtante Drei sahen Minus erwartungsvoll an.
Aber Minus war blass geworden. „Wo … wo habt ihr Lucy denn … eingetauscht?", stotterte er.
„Na, in der Tierhandlung", sagte Großonkel Drei. „Der Gigantosaurus war heute früh ganz frisch eingetroffen und es gab nur dieses eine Exemplar. Noch dazu ein sehr schönes, wie du siehst. Da haben wir sofort zugeschlagen."
Der Gigantosaurus hatte inzwischen die Palmwedel aufgefressen.

Minus war außer sich. „Hört zu", rief er. „Das … das habt ihr sicher gut gemeint, aber … wir müssen sofort zum Tierladen! Ich will Lucy unbedingt zurückhaben!"
„Du hast doch selbst gesagt", protestierte Großtante Drei, „dass du mit ihr keine Chance hast."
Doch Minus war schon zum Tor geeilt. Dann fiel ihm etwas ein. Er lief nochmals hinter die Höhle und packte den Gigantosaurus an der Leine.

„Wir tauschen ihn wieder zurück", sagte er zu Großtante und Großonkel Drei.
Der Gigantosaurus hatte sich bereits an der nächsten Palme zu schaffen gemacht. Minus gab der Leine einen Ruck.
„Bei Fuß", sagte er streng. Doch der Gigantosaurus rührte sich nicht. Schließlich mussten Großtante und Großonkel Drei mithelfen, ihn aus dem Garten zu ziehen.
Zum Glück erinnerte sich Großonkel Drei daran, dass der Gigantosaurus das Wort „Komm" kannte. Damit schafften sie es, ihn aus dem Garten zu locken. Doch auf dem Weg zum Tierladen blieb er immer wieder stehen, um hier und da noch ein paar Palmenwedel von den Nachbarn zu verspeisen.

Jedenfalls war er sehr satt und zufrieden, als sie die Tierhandlung erreichten.

Der Besitzer der Tierhandlung erkannte Großonkel und Großtante Drei sofort wieder. Den Gigantosaurus natürlich auch.

„Na, junger Mann“, sagte er zu Minus. „Hat dir die Überraschung gefallen?“

„Eben nicht!“, rief Minus. „Das Problem ist – ich … ich will meine Lucy wiederhaben!“

„Was für eine Lucy?", fragte der Besitzer.
„Na, das kleine Urmädchen!"
Der Besitzer überlegte nur kurz. „Ach, das, was Sie eingetauscht hatten", sagte er. Er sah Großonkel Drei erstaunt an. „Ich dachte, das wollten Sie loswerden. Tja, ich fürchte, das Urmädchen ist schon weiterverkauft. Da hatte ich Glück, denn eigentlich sind diese Urmenschen eher Ladenhüter. Aber heute Morgen kam so eine nette Familie mit einem kleinen Mädchen vorbei. Die haben es als Souvenir mitgenommen."
„Was!?" Minus war den Tränen nahe. „Und wo sind sie jetzt?"
„Hmm ..." Der Mann runzelte die Stirn. „Ich glaube, sie sind da lang gelaufen." Er deutete die Straße hinab.

Minus packte die Leine des Gigantosaurus und zog daran.
„Komm!", rief er so laut, dass der Gigantosaurus ihm sofort gehorchte.

Minus lief so schnell er konnte die Straße hinab, vorbei an dem Blumengeschäft, vorbei an dem Geschäft mit den schönen Seifen und Badesalzen und vorbei an Mamas und Papas Laden. Der Gigantosaurus galoppierte neben ihm her und hinter ihnen hechteten – ganz außer Atem – Großtante und Großonkel Drei. Immer wieder blieb Minus stehen und fragte, ob jemand eine Familie mit einem kleinen Urmädchen gesehen hätte.

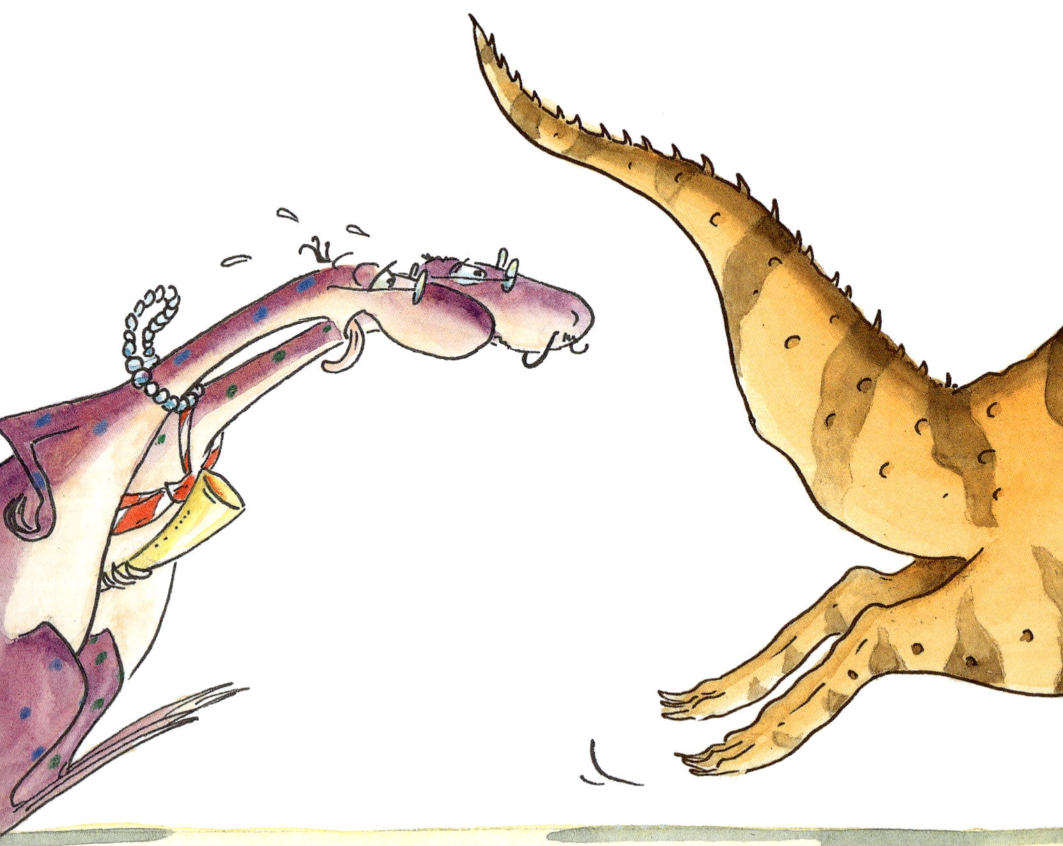

Alle schüttelten den Kopf. Minus hatte einen großen Kloß im Hals. Was, wenn er seine kleine Lucy nie wiedersah? Er musste sie finden, aber wie?
Er hatte fast das Ende der Straße erreicht und blieb neben einem Geschäft mit hübschen Vasen stehen.
Als er wieder einen Passanten nach der Familie befragte, trat die Dame, die die Vasen verkaufte, auf ihn zu. „Hast du gerade gesagt, du suchst eine Familie mit einem Urmädchen?", fragte sie.
„Ja", schniefte Minus.

„Die waren vorhin hier und haben eine von meinen grünen Vasen gekauft", sagte sie.

„Wirklich?", Minus konnte sein Glück kaum fassen. „Haben sie vielleicht gesagt, wo sie hinwollen?", hakte er nach.

Die Dame überlegte. „Sie wollten, dass ich die Vase gut einpacke", sagte sie schließlich. „Ich glaube, damit sie auf dem Flug nicht kaputtgeht."

„Auf dem Flug!?“, rief Minus. „Dann sind sie bestimmt zum Flugsaurierplatz gegangen!“
Die Dame nickte und lächelte. „Stimmt. Jetzt erinnere ich mich. Der Mann sagte sogar, dass sie sich beeilen müssen, weil der Saurier pünktlich startet.“
„Danke!“, rief Minus. „Komm!“ Er zog wieder an der Leine und rannte, nein, er flog, mit dem Gigantosaurus im Schlepptau die Straße hinab zum Flugplatz. Großtante und Großonkel Drei folgten völlig außer Puste in einigem Abstand. So hatten sie sich ihre Überraschung wirklich nicht vorgestellt.

UAAAAAAH!

Endlich sah Minus die riesigen Flugsaurier, die in der Sonne saßen.
Die letzten Passagiere kletterten gerade auf einen besonders großen Flugsaurier. Ob Lucy dabei war?
Minus sprintete hinüber. „Lucy“, rief er so laut er konnte. „LU-UCY!“
Die Passagiere, die bereits auf dem Rücken des Flugsauriers saßen, schauten Minus überrascht an.
Plötzlich krächzte etwas wie ein Urvogel. Minus wurde hellhörig. Das Geräusch schien aus einer Tasche zu kommen, die ein kleines Mädchen mit einem Schnuller im Mund hielt. Und aus der Tasche krächzte es wie ein Urvogel. Verunsichert blickte das Mädchen darauf.

„Lucy!“, rief Minus noch mal.
Nun rumpelte es in der Tasche wie ein gewaltiger Orkan. Erschrocken ließ das kleine Mädchen die Tasche fallen.
„Mama!“, jammerte es.
Minus kletterte auf den Flugsaurier und ging hinüber zu dem Mädchen und seinen Eltern.
„Entschuldigen Sie! Das Urmädchen in der Tasche gehört mir.“
Die Mutter sah Minus kühl an. „Das Urmädchen haben wir im Laden gekauft. Ganz offiziell.“
Aus der Tasche machte es gerade „U-U-U-AAAAAAAAH!“.

Der Vater mischte sich ein. „Dieser Urmensch ist aber sehr laut“, sagte er. „Ist das normal?“
„Es ist sogar viel schlimmer“, antwortete Minus. „Meine Eltern haben es kaum ausgehalten und sind deswegen verreist“, log er. „Und mein Großonkel hat sie deswegen sogar in den Tierladen zurückgebracht, weil er es auch nicht mehr aushielt.“
Inzwischen krächzte und rumpelte es gleichzeitig aus der Tasche. Lucy, die wusste, dass Minus direkt neben ihr stand, war ganz aufgeregt und wurde immer lauter. Der Flugsaurier schüttelte sich und die Passagiere purzelten etwas durcheinander.
Ein Raunen ging durch die Menge. Alle starrten herüber zu Minus und der Familie. Das war Minus egal.
„Bitte.“ Er wandte sich an das kleine Mädchen. „Ich schenk dir auch meinen Gigantosaurus. Der ist viel cooler als so ein Urmensch.“ Er deutete hinüber zu Großtante und Großonkel Drei, die verzweifelt versuchten, den Gigantosaurus zu bändigen. Er hatte wieder eine Palme entdeckt.

Dem Mädchen fiel die Kinnlade herunter und der Schnuller aus dem Mund.
„Meins?" Sie zeigte aufgeregt auf den Giganto- saurus.
Minus nickte. „Aber dafür will ich das Urmädchen zurückhaben. Okay?"
Das kleine Mädchen nickte eifrig. Es deutete wieder auf den Gigantosaurus.
„Will haben!", rief es.
„Nein, das geht nicht", sagte die Mutter.
Das Mädchen fing an zu heulen.
Aus der Tasche heulte es noch lauter.
Die anderen Passiere wurden inzwischen sehr ungehalten und der Flugsaurier schlug ängstlich mit den Flügeln.
Da trat der Kapitän auf die Familie zu. „Hätten Sie etwas dagegen, das Flugzeug zu verlassen, bis ihre Tasche etwas leiser geworden ist?", fragte er. „Sonst gibt es hier noch einen Unfall. Flugsaurier sind nämlich sehr lärmempfindlich."
Die anderen Passagiere nickten zustimmend.

Der Mann, die Frau und das brüllende Mädchen folgten Minus. Der trug inzwischen die Tasche mit Lucy, aus der es noch lauter brüllte. Sie kletterten den Flugsaurier hinab und gingen hinüber zu Großtante und Großonkel Drei.

„Ein ziemlich cooler Gigantosaurus", sagte der Vater und betrachtete den Gigantosaurus wohlwollend. „So ein Prachtexemplar habe ich in meiner Jugend auch einmal besessen." Er tätschelte ihm die Flanke.

Das kleine Mädchen strahlte jetzt und streckte dem Gigantosaurus die Ärmchen entgegen. Der beugte sich zu ihr hinab und schleckte ihr übers Gesicht. Das Mädchen krähte vor Begeisterung. Lucy schien sie längst vergessen zu haben.

„Er scheint sehr kinderlieb zu sein", sagte Großonkel Drei, der die Lage sofort verstand.

„Allerdings", sagte der Vater des Mädchens. „Das nenne ich Liebe auf den ersten Blick."

Die Mutter lächelte säuerlich. „Aber Hinkelstein, der ist doch viel zu groß für uns! Er frisst uns bestimmt die Haare vom Kopf."

„Ach was, der braucht nicht viel", widersprach der Vater. „Da kenne ich mich aus."

„Stimmt. Nur ein paar Palmen“, pflichtete Großonkel Drei ihm bei. „Sonst ist er wirklich sehr pflegeleicht. Und ich sage Ihnen, bei so einem Tausch haben Sie nur gewonnen. Der Gigantosaurus hat nämlich fünfmal so viel gekostet wie das Urmädchen hier.“

„Wirklich? Fünfmal so viel?“ Die Mutter war beeindruckt. „Und da sind Sie wirklich zu so einem Tausch bereit? Noch dazu, wo sie so laut ist?“

Großonkel Drei nickte. „Ja, das bin ich. Ich wusste ja nicht, wie sehr mein Großneffe an seinem Urmädchen hängt.“

„Bitte“, sagte Minus, der die ganze Zeit über die Tasche mit Lucy fest an sich drückte. „Bitte, bitte, bitte.“

„Also gut“, sagte die Mutter. „Aber wie kommen wir damit nach Hause? Den kriegen wir doch nie und nimmer auf dem Flugsaurier unter.“

Da hatte sie allerdings recht.

„Er kann ziemlich schnell rennen“, sagte Großonkel Drei. „Das haben wir gerade festgestellt.“

„Und früher", fügte der Vater hinzu, „bin ich auf meinem Gigantosaurus immer geritten. Das war ein Riesenspaß!"

„Will auch! Will auch!", rief die Kleine.

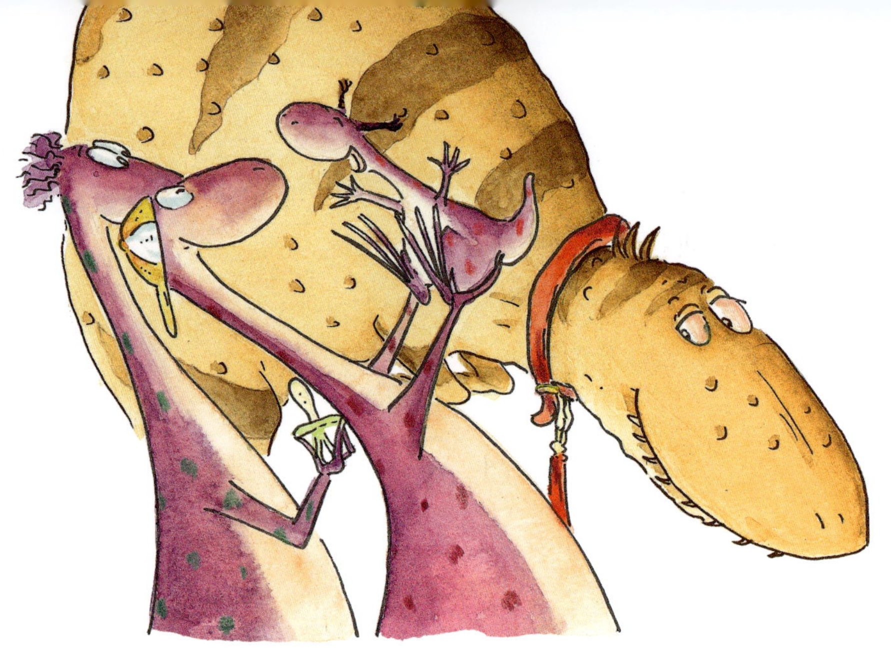

Ihr Vater hob sie auf den Rücken des Gigantosaurus und kletterte hinterher. „Komm schon, Humolithe", rief er seiner Frau zu. „Das musst du mal probiert haben. Die Sicht hier oben ist fantastisch! Viel besser, als eingezwängt auf einem Flugsaurier zu sitzen!"

Die Mutter seufzte und ließ sich von Großonkel Drei auf den Rücken des Gigantosaurus helfen. Sie musste ihrem Mann recht geben. Man hatte wirklich eine sehr schöne Aussicht von hier oben. „Na gut", sagte sie zu ihm. „So weit ist es ja nicht. Aber versprich mir, dass es nicht gefährlich ist."

„Da kannst du ganz beruhigt sein. Es ruckelt nur ein bisschen“, sagte der Vater und schnalzte mit der Zunge. Und schon trabte der Gigantosaurus davon.

Minus hatte die ganze Zeit über die Tasche mit der kleinen Lucy festgehalten und „Gib Laut“ geflüstert. Das war das Zauberwort, mit dem Lucy ganz still war. Erst als die Familie mit dem Gigantosaurus und der vor sich hinschimpfenden Mutter verschwunden war, öffnete Minus die Tasche und holte seine kleine Lucy heraus. Beide freuten sich sehr, einander wiederzusehen. Minus hob sie sanft auf seiner Pfote hoch und gab ihr einen vorsichtigen Nasenstupser. Ob er den Wettbewerb gewinnen würde oder nicht, war ihm inzwischen ziemlich egal. Hauptsache, er hatte seine wilde Lucy wieder.

Der Wettkampf

Die Sonne ging schon unter, als sie wieder zu Hause ankamen.
„Manchmal meint man es einfach zu gut und es geht gründlich daneben", sagte Großtante Drei, als sie beim Abendessen saßen. „Ich bin ja froh, dass alles doch noch gut ausgegangen ist."
„Allerdings!", rief Minus und schaute zu Lucy, die neben ihm auf dem Tisch saß und an einem Stück Urkarotte knabberte.
„Wenn du magst, können wir uns den großen Vulkan-Wettkampf morgen gemeinsam anschauen", sagte Großonkel Drei tröstend. „Mitmachen ist nicht immer alles."
Da sprang Lucy entrüstet auf und lief wie wild im Kreis auf dem Tisch umher. Sie begann über die Gläser zu hüpfen. Erst über das kleinere von Minus

und dann über die größeren von Großonkel und Großtante Drei. Schließlich sprang sie sogar über die Schüssel mit dem Farnsalat.

„Schaut mal! Lucy springt heute viel höher und weiter als gestern!“, rief Minus. „Und ich glaube, sie ist auch schneller geworden.“
Lucy rannte jetzt im Zickzack zwischen den Tellern hin und her.

„Kann es sein, dass du beim Wettkampf mitmachen willst?", fragte Minus.
Lucy nickte eifrig.
„Sie versteht dich?", fragte Großonkel Drei überrascht.
„Ja", sagte Minus. „Sie ist ungewöhnlich klug für ein Haustier.
„Das ist allerdings bemerkenswert", sagte Großonkel Drei und betrachtete Lucy etwas genauer.
„Außerdem frisst sie keine Palmen", stellte Großtante Drei fest. „Und noch was", sagte sie zu ihrem Mann: „Du hast den ganzen Nachmittag und Abend kein einziges Mal geniest."

Am nächsten Morgen versammelten sich alle Teilnehmer des Wettkampfs am Ufer des Neuen Sees, wo der Wettkampf beginnen würde. Es war richtig voll geworden. Herr Fossil und sein Tyrannosaurus T.R. waren am Start, Frau Meso mit ihrem Triceratops Topsi war gekommen, Frau Urgestein und ihr frecher Stegosaurus Stigi waren auch dabei.

Minus hatte sich von Onkel und Tante Drei verabschiedet. Sie hatten Minus und Lucy ganz viel Glück gewünscht, bevor sie sich zu den anderen Zuschauern gesellt hatten.
Minus entdeckte seine Freunde etwas weiter vorne und ging zu ihnen. Flint und Gorgo waren schon ganz aufgeregt. Lava hatte Tropfstein kleine Schleifchen um die Hörner gebunden und Minette hatte ihren Urvogel Mergelstein gestriegelt. Er trug heute einen neuen Latz, auf dem „Mamas Sieger" stand, anstatt wie üblich „Mamas Liebling".

„Ihr wisst“, sagte der Schiedsrichter, „wer als Erster die Wolke über dem Vulkan berührt, der hat gewonnen.“
Alle riefen „Ja!“ oder nickten.
„Gut, dann auf die Plätze, fertig, los!“, rief der Schiedsrichter und winkte mit einer grünen Fahne. Alle Haustiere und ihre Besitzer rannten, galoppierten und hüpften und flatterten los in Richtung des Neuen Sees. Lucy war wie immer die Letzte, aber das war Minus jetzt egal. Er wartete auf sie und gemeinsam hüpften sie ins Wasser. Lucy schwamm erstaunlich schnell, fast so schnell wie ein Urfisch.

Minus musste sich sogar ein bisschen anstrengen, um mitzuhalten. Am anderen Ufer hatten sie die anderen fast eingeholt. Doch die waren schon dabei, die Hindernisse zu überspringen.
Minus und Lucy hechteten hinterher. Minus half Lucy über das erste Hindernis und auch über das zweite. Leider waren sie nicht besonders schnell, und der Abstand zu den anderen vergrößerte sich wieder, denn die fingen alle schon an, den Vulkan hinaufzuklettern. Als sie den Fuß des Vulkans erreichten, ahnte Minus schon, dass sie das nicht mehr aufholen würden. Aber er wollte es wenigstens versuchen.
Plötzlich blieb Lucy stehen und deutete auf einen Busch.

„Da geht es aber nicht nach oben“, sagte Minus. „Komm schon!“ Doch Lucy rührte sich nicht vom Fleck und deutete immer noch auf den Busch. Minus bückte sich zu ihr hinab und dann sah er, was Lucy entdeckt hatte. Hinter dem Busch lag eine Felswand mit Vorsprüngen verborgen, die direkt nach oben führten. Dieser Weg war zwar steil, aber er führte viel direkter zum Ziel als der Zickzackpfad, der sich durch das Lavagestein schlängelte. Keine Regel besagte, dass man nur auf dem Pfad bleiben durfte. War das hier vielleicht ihre Chance, die anderen einzuholen?

Minus setzte Lucy auf seinen Kopf und begann langsam, die Felswand emporzuklettern. Er musste nach

Vorsprüngen suchen, an denen er sich festhalten konnte, und er durfte nicht nach unten schauen, sonst wäre ihm schwindelig geworden. Lucy half mit, indem sie ihn dirigierte.

Es wurde immer steiler und immer steiniger, und ein, zwei Mal wäre Minus fast abgerutscht und in die Tiefe gestürzt. Endlich aber hatten sie das obere Ende der Steilwand erreicht … und mussten feststellen, dass sie noch immer weit vom Gipfel entfernt waren. In der Ferne erkannten sie die anderen, die den Berg hinaufkeuchten. Flint und Gorgo waren kurz davor, die Spitze des Vulkans zu erklimmen.

Lucy zupfte Minus an seiner Nasenspitze, auf die sie jetzt geklettert war, und zeigte auf einen morschen Baumstamm. Der lag wie eine Wippe über einem Felsbrocken. Lucy hüpfte auf Minus' Nase auf und ab und deutete auf das höhere Ende des Baumstamms. Jetzt verstand Minus, was sie meinte: Lucy wollte, dass er den Baumstamm wie ein Katapult benutzte.

„Muss das sein?“, fragte er. „Das ist doch gefährlich.“

Lucy schüttelte den Kopf, stampfte mit dem Füßchen auf und deutete auf den Baumstamm.

Minus seufzte. „Also gut“, sagte er. „Versuchen wir es.“

Er setzte Lucy vorsichtig auf das äußere Ende des Stammes und dann sprang er kräftig auf das andere Ende.

Es funktionierte: Das Ende, auf dem Lucy stand, schnellte in die Höhe.

Lucy flog in einem weiten Bogen durch die Luft und landete … auf dem Gipfel des Vulkans! Minus traute seinen Augen kaum. Sie war tatsächlich als Erste oben. Das heißt, direkt die Erste war sie nicht. Denn Gorgo hatte gleichzeitig den Gipfel erreicht und schleckte eifrig an der Vulkanwolke. Lucy hüpfte hoch und berührte sie.
„Na so was! Wo kommt denn Lucy her?“, fragte Flint überrascht. Er war Gorgo dicht auf den Fersen gefolgt. „Und wo ist Minus?“
Lucy krächzte wie ein Urvogel, hüpfte begeistert auf und ab und schlug mit den Armen.
Flint lachte ungläubig. „Willst du mir etwa sagen, du bist geflogen?“
Lucy nickte. Da keuchte auch schon Lava mit ihrem Triceratops Tropfstein den Berg hinauf und hinter ihnen Minus.

Ein echter Gewinn

„Flint und Gorgo sind Erster", sagte der Schiedsrichter und schwenkte seine grüne Fahne. Er hatte sich kurz nach dem Start von einem Flugsaurier auf den Gipfel fliegen lassen und notierte jetzt die Gewinner auf seiner Tafel.

„Lucy war eigentlich auch da", sagte Flint, „aber ohne Minus. Und ich weiß nicht, wie sie den Berg hochgekommen ist."

„Lucy?" Der Schiedsrichter, der etwas kurzsichtig war, bemerkte erst jetzt das kleine Urmädchen. „Dich habe ich ja gar nicht hochkommen gesehen."

„Überholt hat sie mich jedenfalls nicht", sagte Flint.

„Na ja", murmelte Minus entschuldigend. „Sie hat dich auch nicht überholt. Sie ist sozusagen hochkatapultiert worden. Ich habe da ein bisschen nachgeholfen."

Der Schiedsrichter verstand nur Bahnhof. „Was heißt ‚hochkatapuliert'? Und wo warst du?"

Minus erklärte die Sache mit dem Baumstamm und fügte hinzu: „Ich war erst als Dritter oben. Lava und Tropfstein waren Zweiter."

„Verstehe", sagte der Schiedsrichter nachdenklich, obwohl er nicht so ganz verstand. Er rückte die Brille zurecht. So einen Fall hatte er noch nie bei einem Wettbewerb gehabt.

„Soso“, sagte er schließlich. „Hochkatapultiert. Hmm. Die Regel lautet ja: Wer als Erster oben ist, hat gewonnen. Wie man hochkommt, ist nicht festgelegt. Also, wenn ich das jetzt richtig verstehe, wart ihr beiden dann als Dritter oben, stimmt's? Dann habt ihr also den dritten Platz.“

Minus strahlte, damit war er sehr einverstanden. Und Lucy erst recht. Vor Freude warf sie ihre kleine Keule in die Luft.

Minus nahm sie sanft auf die Pfote und gab ihr wieder einen Nasenstupser. Auch wenn sie klein ist, dachte er stolz, muss sie sich selbst vor den allergrößten Sauriern nicht verstecken.

Als Minus und Lucy den Berg hinunterkamen, winkten Großtante und Großonkel Drei ihnen begeistert zu. Aber wer stand da neben ihnen? Mama und Papa Drei waren von ihrer Reise zurückgekehrt. Sie hatten sogar gesehen, wie Minus und Lucy den Gipfel erreicht hatten.
„Das hätte ich nie gedacht", sagte Papa Drei beeindruckt. „Deine kleine Lucy erstaunt mich immer wieder. Sie war ja noch vor dir auf dem Berg. Toll, wie sie das geschafft hat."

Am Abend kochten sie gemeinsam ein Festmahl aus den leckeren Farnen und Kräutern, die Mama und Papa Drei von ihrer Reise mitgebracht hatten. Immer wieder musste Minus erzählen, wie er Lucy auf den Gipfel katapultiert hatte.

Lucy krächzte dabei wie ein Urvogel und flatterte mit den Ärmchen. Großonkel Drei nieste wieder beim Essen, und zwar viel öfter als sonst. Und plötzlich wusste Minus warum.

Er deutete auf den Mamutfell-Schal, den Mama Drei heute Abend trug. „Dagegen bist du allergisch!“, sagte er zu Großonkel Drei. „Du hast nämlich die letzten Male nicht wegen Lucy geniest, sondern weil du in der Nähe von meinem Schulranzen warst. Der ist nämlich auch aus Mamutfell.“
Mama Drei hängte den Schal sofort in den Schrank und Großonkel Drei hörte schlagartig auf zu niesen. Minus hatte recht gehabt.

Später, als Lucy in ihrer Kokusnusshälfte lag und Minus im Bett, deckte er Lucy vorsichtig zu und fragte: „Freust du dich schon auf morgen?“ Lucy nickte. Morgen würden sie ihren Preis einlösen. Es war zwar kein Familienurlaub, aber dafür ein Rundflug über Farnheim auf einem Flugsaurier. Und das Beste war, Minus durfte seine ganze Familie mitnehmen. Mama, Papa und Großtante und Großonkel Drei.

Darauf freute er sich schon sehr. Ihm fielen bereits die Augen zu, und er dachte wieder an Lucy und daran, wie schön sie durch die Luft geflogen war. „Du bist die Beste!", murmelte er noch, bevor er einschlief. „Ein Glück, dass ich dich habe."

Ute Krause, 1960 geboren, wuchs in der Türkei, Nigeria, Indien und den USA auf. An der Berliner Kunsthochschule studierte sie Visuelle Kommunikation, in München Film und Fernsehspiel. Sie ist als Schriftstellerin und Illustratorin erfolgreich. Ihre Bilder- und Kinderbücher wurden in viele Sprachen übersetzt und für das Fernsehen verfilmt. Ute Krause wurde vielfach ausgezeichnet, u.a. von der Stiftung Buchkunst, und für den Deutschen Jugendliteraturpreis nominiert.

Von Ute Krause sind außerdem bei cbj erschienen:

- Minus Drei wünscht sich ein Haustier, ISBN 978-3-570-15892-0
- Minus Drei und die laute Lucy, ISBN 978-3-570-15893-7
- Minus Drei und der Zahlensalat, ISBN 978-3-570-15906-4
- Minus Drei macht Party, ISBN 978-3-570-17091-5
- Minus Drei geht baden, ISBN 978-3-570-17182-0
- Minus Drei und die wilde Lucy – Minus reißt aus, ISBN 978-3-570-17401-2
- Die Muskeltiere – Einer für alle, alle für einen, ISBN 978-3-570-15903-3
- Die Muskeltiere auf großer Fahrt, ISBN 978-3-570-17172-1
- Die Muskeltiere und Madame Roquefort, ISBN 978-3-570-17442-5

Ute Krause

MINUS DREI & DIE WILDE LUCY

Minus reißt aus

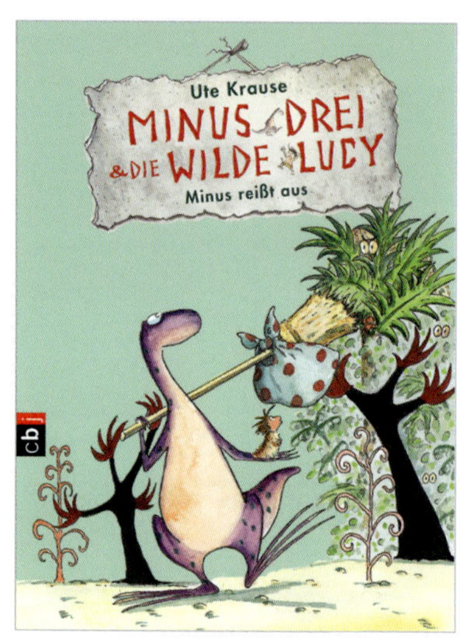

80 Seiten, ISBN 978-3-570-17401-2

Dino-Eltern können manchmal ganz schön nerven. Papa Drei schimpft, weil Minus die alte Badewanne immer noch nicht weggeräumt hat. Und Mama Drei regt sich fürchterlich auf, als Minus ein klitzekleines Fitzelchen von ihrem Mammutfell-Schal abschneidet. Dabei wollte er doch bloß, dass sein Haustier Lucy etwas Warmes zum Anziehen hat. Genug ist genug, denkt sich Minus, ich zieh aus! Am besten in ein Baumhaus im Dschungel. Aber im Urwald lauern allerhand Gefahren auf Minus und Lucy …

8350

www.cbj-verlag.de

Ute Krause

Die Muskeltiere

208 Seiten, ISBN 978-3-570-15903-3

Klink, klink, klonk! Während der Hamster Bertram von Backenbart etwas gelangweilt in seinem goldenen Käfig auf der Terrasse einer noblen Hamburger Penthousewohnung sitzt, fallen zwei Mäuse und eine weiße Ratte von der Dachrinne in sein Zuhause. Als die drei sich als Picandou C. Saint Albray, Pomme de Terre und Gruyère vorstellen, ist der Hamster begeistert! Die französischen Namen erinnern ihn an die von ihm heißgeliebten Geschichten über die »Muskeltiere«, die er von den Hörspiel-CDs seines Besitzers kennt. Und als Hamster Bertram erfährt, dass Gruyère sein Gedächtnis verloren hat, ist er wild entschlossen, seinen neuen Freunden zu helfen und aufregende Muskeltier-Abenteuer zu erleben …

8297

www.cbj-verlag.de

HERR
FOSSIL
FAMILIE
DREI
FRAU
FARNCHEN
FRAU WINZIG